Sebastian Blau

s Weggetaler Kripple

Sebastian Blau

s Weggetaler Kripple

Mit Fotos von Gerhard Hepper
und einer Einführung zur Krippe
von Dieter Manz

Silberburg-Verlag

Sebastian Blau

s Weggetaler Kripple

I.

Es ist am Heilig Obed gsei',
dr Luft hot grausig blose',
soweit ma' gseah' hot – Eis ond Schnai,
ond wia ausgstorbe' d Stroße'.

Paar Schäfer hocket steif ond kromm
mit pfanne'bloe Aohre'
bei ihrem Pferch oms Fuier rom –
se send schao' halb verfraore'.

Em Städtle dob, en Bethlehem,
ist älles still ond fei'ster ...
»Wenn iatz«, sait Oar, »s Christkendle käm
ond froge' tät: wa waö'scht dr?«

»I möcht en ganze' Maltersack
vol Kreuzer, tät e sage'.«
– »Ond i e' Päckle Schnupftabak
ond ebbes Warms en Mage'.« –

»I wött e' warme Pudelkapp.«
– »Ond i en Speck, en fette' …« –
En Alter bruttlet: »Schwäz koan Papp,
zo arme Leut konnts ete'.«

Uf oamol sprenget d Schof durnand
ond drucket se en d Ecke',
ond d Hond send außer Rand ond Band
ond stellet d Hoor vor Schrecke'.

Ällsomer glizget zmol dr Schnai,
ond d Steane' kriaget älle
en weiße' Hof wia-n Heilge'schei',
ond s ist e' graoße Helle.

Dia arme Schäfer schüttlets ganz
– s send sust heazhafte Manne' –,
koa' Wonder: s stoht en volem Glanz
en Engel vor ne' danne'!

Der Engel sait: »Verschrecket et,
s ist Ui e' Glück a'gange':
s Christkendle hot en Ei'seah' ghett,
s loht arme Leut et hange'.«

Ond glei druf haalet übers Feld
en Orgle' ond e Senge' –
vo' älle Kirche'chör der Welt
täts koar so fetigbrenge'.

Dia Schäfer send noh ganz eweg:
s ist also doch noh komme'!
Noh nemmet se ihre Dudelsäck
ond lend se ghörig bromme'.

Ond stolperet durch Schnai ond Wend
ond suachet noch em Kendle
ond brenget ehm mit steife Händ,
so guat s halt goht, e' Ständle.

II.

E' Schofstall, so ärmlich, so eng ond so klei',
mit Naot goht en Ochs ond en Esele nei'.

Em hülzerne' Kripple uf Heu ond uf Straoh,
do leit es ond strablet ond lachet so fraoh.

Maria sitzt bei-n-em ond wiagets en d Ruah
ond deckts mit me' bowüllene' Kopftüachle zua.

Dr Josef schleecht Fuier mit stärrige Händ
ond kochet e' Süpple, e' Breile em Kend.

Ond d Naacht ist so still, ond neamed ist wach,
nao d Steane' am Hemmel glitzget durchs Dach

wia Christboom so hell ond so klar wia Kristall –
iatz knublet vors Kripple: s ist Weihnächt em Stall ...

III.

De Heilige Drui König aus Morgeland,
dr Kasper, dr Melcher, dr Baltes,
hend Ross ond Kamel ond en Elefant
mit me' Glöckle am Rüassel – dear gfallt es!

Wo goht dr Weag ge Bethlehem nom?
Se froget Stadtleut ond Baure',
se froget em ganze' Ländle rom,
se könnet oan währle daure'.

Se froget sogar beim König a',
beim Judekönig Herodes.
Dear stellt ehne' altbachene Sprengerlen na',
e' Krüagle Most ond en Brotes.

Se wölle en Bsuach mache' z Bethlehem
ond häbe de' Weag verlaore'.
»Ond därf ma' froge', ihr Herre', bei wem?«
Dr König Herodes spitzt d Aohre'.

De Heilige Drui König lend d Katz aus em Sack,
de aoschuldige Kender müaßts büaße' ...
Ond katzefreundlich sait dear Schlawack,
se solle ao z Bethlehem grüaße'.

Se saget Adje ond ladet wied uf,
de' Weihrauch ond s Gold ond d Myrrhe'.
Ond zmol schreit dr Baltes: dr Stean, gucket nuf!
Jatz ka' ma' se nemme verirre' ...

De Heilige Drui König folget seim Schei',
dear Stean hot ebbes z bedeute'!
Se machet et Halt ond se kehret et ei'
ond juzget ond senget em reite'.

Zmol über me' Stall vergruabet dr Stean,
se freuet se schao' wia Kender ...
En alter Ma' mit re' Stall-Latean
konnt raus ond froget: »Wa wend r?«

»Mir send dia Drui König, dr Stean hot aos gsait,
do henne' tätet mrs fende' ...«
– »So«, sait dear Ma', »descht aber e' Freud,
iatz kommet nao rei', i will zende'.«

Se fendet e' nackets Kendle em Straoh,
s hot etemol reachte Wendle',
sei' Muater, e' bildschöne jonge Frau,
sitzt bei-n-em ond gwärmet em d Händle'.

Ond ist ao des Kendle noh so arm
ond muaß eme' Schofstall wohne' –
de Heilige Drui König wud s Heaz ganz warm,
se lupfet ganz fromm ihre Krone'.

Ond leget ens Kripple nei' ihre Präsent,
ond s Öchsle und s Esele brommet.
De Heilige Drui König faltet d Händ
ond senget »Ihr Kinderlein, kommet«.

Wir sind neugierig ...

... was Sie von dem Buch halten, dem Sie diese Karte entnommen haben.

Titel des Buchs

Wie wurden Sie auf das Buch aufmerksam?

Bitte schreiben Sie uns ganz offen Ihre Meinung. Sie ist wichtig für unsere weitere Verlagsarbeit.

Der Silberburg-Verlag hat sich auf Baden-Württemberg spezialisiert. Haben Sie Ideen oder Vorschläge zu Buchthemen?

... Sie auch?

Tragen Sie einfach umseitig Ihre Anschrift ein. Gerne senden wir Ihnen dann Informationen zu unseren Neuerscheinungen.

Im Silberburg-Verlag erscheint »**Schönes Schwaben**« – die farbige Monatszeitschrift zu Kultur, Geschichte, Landeskunde. Informativ und unterhaltsam, aktuell und zeitlos. Mit traumhaft schönen Fotos und interessanten Artikeln von kompetenten Autoren. Sollen wir Ihnen einmalig ein kostenloses Probeheft senden?

☐ Ja ☐ Nein

IV.

s hot et lang ghebt, des Glück em Stall:
paar Täg druf hoaßt es Knall ond Fall,
se müaße samt em Kendle
schnell fott ond aus em Ländle.

Deam Judekönig sei des Kend
e' Doan em Aug ond wenn rs fend –
Gnad Gott noh Kend ond Muater!
Herodes sei koa' Guater ...

Ist des en Elend ond e' Kreuz,
iatz müaßt se fott, ond dusse' schneits!
Se packet guatig zsemme',
viel hend se et zom nemme'.

Maria uf em Esel dob
(s Kend ontrem Ma'tel schloft gottlob),
dr Josef a' me' Stecke' –
so gehnd se naus zom Flecke'.

Se wattet tapfer dur de' Schnai
berguf, berga ond querfeldei';
dezua'na', dass se frieret,
konnt d Angst, de' Weag z verlieret.

So kommet se a' d badisch Grenz.
Dr Josef schnaufet uf: »Mr hends!«
Maria aber lachet:
»Pst! dass mrs et verwachet!«

Arms Würmle, o wia wuud drs ao
bei selle fremde Mensche' gaoh'?
Komm wieder gsond ond lebig,
Herodes lebt et ebig ...

Dieter Manz

Die Krippe der Wallfahrtskirche zur Schmerzhaften Mutter Gottes im Weggental bei Rottenburg am Neckar

Josef Eberle (1901–1986), Sohn des Rottenburger Stadtpflegers und aufgewachsen am Rottenburger Marktplatz, war Buchhändler, Dichter und Schriftsteller, Essayist und Feuilletonist, Journalist, schließlich Gründer, Herausgeber und Verleger der »Stuttgarter Zeitung«. Wenn er schrieb, hatte er viele Namen – Iosephus Apellus, Peter Squentz, Der alte Wang. Berühmt

geworden ist er als schwäbischer Mundartdichter Sebastian Blau. Mit dem »Weggetaler Kripple« hat er seiner Vaterstadt, die ihn zum Ehrenbürger machte, ein unvergängliches literarisches Denkmal gesetzt.

Dass der Verfasser in seinem Krippengedicht die biblischen Berichte zum weihnachtlichen Festkreis ähnlich volkstümlich-sinnenfällig ausgemalt hat, wie dies viele Krippendarstellungen tun, stellt die Verbindung zum tatsächlichen Kripple im Weggental her, ohne dass auf die Szenerie der realen Krippe näher eingegangen wird.

Zur Krippengeschichte

Die Stadt Rottenburg ist seit der Barockzeit eines der wichtigsten Krippenzentren des Landes. Von ihrer Bedeutung künden zahlreiche größere und kleinere Krippen in den Kirchen der Stadt, in Museen und Privathäusern in Rottenburg und weit darüber hinaus. Und noch heute werden in Rottenburg Krippenberge gebaut und Figuren geschnitzt, bemalt und bekleidet.

Eine Attraktion unter den Rottenburger Krippen ist das »Weggetaler Kripple«, die Krippe der Wallfahrtskirche zur Schmerzhaften Mutter Gottes

im Weggental bei Rottenburg. Das liebevoll verkleinernde Wort »Kripple« lässt bereits etwas von der Beliebtheit dieser Krippe erahnen – beliebt und bekannt nicht erst, seit Sebastian Blau 1947 sein Dialektgedicht »s Wegge'taler Kripple« publizierte.

Als Förderer der Krippenbewegung im Barockzeitalter gelten vor allem die Jesuiten. Wo sich im schwäbischen Land Niederlassungen des Ordens bilden konnten, entstanden »Krippenzentren« – genannt seien neben Rottenburg auch Ellwangen und Rottweil –, ohne dass damit behauptet werden soll, hinter jeder der in diesen Zentren entstandenen Krippen stünden die Jesuiten als direkte Anreger.

Die Rottenburger Niederlassung des Jesuitenordens wurde 1649 gegründet, 1668 wurde sie zum Kolleg erhoben und 1773 bei der Aufhebung des Ordens geschlossen. Im Jahr 1653 erhielten die Jesuiten die Seelsorge an der Wallfahrtskirche zur Schmerzhaften Mutter Gottes im Weggental übertragen, die seit dem ersten Drittel des 16. Jahrhunderts bestand. Die Wallfahrt erlebte in der Folgezeit unter der Betreuung durch die Jesuiten ihre höchste Blüte.

Zwischen 1682 und 1695 errichtete die Rottenburger Stadtpfarrei Sankt Martin, finanziell unterstützt durch großzügige Spenden vor allem vieler

Adels- und Beamtenfamilien aus Rottenburg und Umgebung und durch die Opfergelder der Wallfahrer, die heute noch bestehende große barocke Wallfahrtskirche. Unter den fragmentarisch erhalten gebliebenen Bauabrechnungen befindet sich ein Quittungszettel vom 11. Juni 1688 über die Besoldung des Weggentalmesners für das zweite Quartal 1688. Auf diesem Zettel steht auch zu lesen: »seinem sohn wegen des grabs und des krüple zumachen 10 Kreuzer«. Der Sohn des Mesners stellte also das Heilige Grab und die Krippe auf.

Dies ist der bislang älteste Nachweis einer Krippe im Weggental. Im städtischen Waldprotokoll des Jahres 1769 findet sich ein weiterer Beleg für die Weggentaler Krippe. Dort ist nämlich von jungen Tannen die Rede, die von der Stadtverwaltung für diese Krippe zur Verfügung gestellt wurden.

Dass diese Krippe – wie auch das Heilige Grab – von den Jesuiten initiiert wurde, um dem Volk mit ihrer Hilfe Glaubensinhalte sinnenfällig vor Augen zu führen, steht außer Frage. Wie diese älteste Krippe mit ihren Figuren aussah, ist unbekannt; erhalten blieb nichts, was ihr zweifelsfrei zuzuordnen wäre.

Die alte Weggentalkrippe ging wahrscheinlich in den Zeiten des Josephinismus und der Aufklärung unter. Im Figurenbestand der jetzigen Krippe be-

finden sich jedoch verschiedene Einzelfiguren, die in das 18. Jahrhundert zu datieren sind und auf Ergänzungen des Bestands der ursprünglichen Krippe hindeuten könnten. Eine unberührte Originalfigur der Krippe erwarb in der Nachkriegszeit das Tübinger Heimatmuseum aus dem Nachlass eines Tübinger Sammlers. Es handelt sich um einen Mohrenkönig, gekleidet in bunte Seidengewänder mit Goldstickereien, auf holzgeschnitztem Pferd reitend. Die Zugehörigkeit dieser Figur zur Weggentalkrippe wurde bei ihrer Restaurierung im Stuttgarter Landesmuseum erkannt.

Der Hauptteil der jetzigen Weggentalkrippe entstand um 1840 als Hauskrippe für das frühere Rottenburger Gasthaus »Waldhorn« beim Dom; um 1850 kam sie als Stiftung ins Weggental. Um 1951/52 wurde die Krippe in den Werkstätten des Württembergischen Landesmuseums Stuttgart restauriert. Ein Teil der Figuren wurde damals neu eingekleidet, der ursprüngliche Stall, ein breites Fachwerkgebäude, durch die heutige Konstruktion ersetzt. Die Krippe ist lebendig geblieben, jedes Jahr wird sie etwas umgruppiert, immer wieder werden einzelne Figuren neu gekleidet, kommen neue Details hinzu. (So zeigen auch die Fotos in diesem Buch, die im Dezember 1993 und im Januar 1995 aufgenommen wurden, verschiedene Aufstellungen.) Diese »Verbesserungen« wirkten sich nicht immer positiv aus; bereits 1927 wurde ge-

klagt: »Das reiche Opfergeld ›zur Verschönerung der Krippe‹ ist der einst so herrlichen Weggentaler Krippe leider zum Verhängnis geworden.«

Der Künstler

Von der Mitte des 17. Jahrhunderts an setzte eine starke Einwanderungsbewegung in das vom Dreißigjährigen Krieg stark entvölkerte Südwestdeutschland ein, die sich auch im Bürgeraufnahmeprotokoll des damals zu Schwäbisch-Österreich gehörenden Rottenburg spiegelt. Unter den Neueingebürgerten finden sich, zum ersten Mal 1649, Zuwanderer aus Oberitalien, aus dem alten Herzogtum Mailand zumeist, das anfangs der spanischen Krone unterstand, seit 1714 jedoch zum habsburgischen Österreich gehörte. Von diesem Zeitpunkt an waren die Lombarden sozusagen entfernte Landsleute der Rottenburger.

Unter diesen zugewanderten Lombarden befand sich Johann Baptist Lazaro aus Como, der mit Maria Katharina, einer Tochter des seit 1727 in Rottenburg nachweisbaren Handelsmannes Christoph Julino, ebenfalls eines Lombarden, verheiratet war.

Für unser Thema wichtig ist sein Urenkel in direkter Linie, Leopold Lazaro. Er kam 1811 im Stadtteil Ehingen zur Welt, wo die Familie (vermutlich in der Nähe des Pulverturms) wohnte, und starb 1893 im Rottenburger Spital. Im Jahr 1835 verheiratete er sich mit Theresia Manz, einer Tochter des Glasermeisters Xaver Manz. Leopold Lazaro erlernte den Beruf des Webers, ein, wie sich zeigen sollte, nicht sehr aussichtsreiches Handwerk. Er gehörte wohl zu jenen Webern, die durch die technische Entwicklung brotlos wurden.

Bei der Suche nach einem Nebenverdienst kam ihm seine offensichtlich angeborene Fähigkeit zum Holzschnitzen zugute – es ist zumindest nie davon die Rede, dass er eine richtige bildhauerische Ausbildung gemacht hätte, doch ist nicht auszuschließen, dass er bei einem der »echten« Rottenburger Holzbildhauer seiner Zeit ab und zu »kiebitzte« oder gar gelegentlich aushalf. Lazaro schuf vor allem Passionsszenen – erinnert sei hier nur an den großen Glasschrein mit der Darstellung des Letzten Abendmahls, der noch bis Ende der Sechzigerjahre des 20. Jahrhunderts jeweils am Fronleichnamstag vor dem ehemaligen Gasthaus »Waldhorn« zur Schau gestellt war – und Kruzifixe im volkstümlichen Geschmack seiner Zeit. Dies trug ihm bei den Rottenburgern den Spitznamen »Leiden-Christi-Weber« ein, der noch in den ersten Jahrzehnten unseres Jahrhunderts in der Stadt geläufig war, obwohl man den »richtigen« Namen des Künstlers bereits vergessen hatte.

Das Hauptwerk von Leopold Lazaro ist zweifelsohne die Weggentaler Krippe, die ehemalige Hauskrippe des »Waldhorns«. Ob er daneben noch weitere Krippen schnitzte, auch in kleinerem Format, ist nicht überliefert. Da aber vor allem im zweiten und dritten Viertel des vorigen Jahrhunderts jeweils vor Weihnachten sehr häufig »Krippen mit allen Vorstellungen« im Rottenburger Lokalblatt »Der Neckarbote« zum Verkauf angeboten wurden, – »von wem? sagt die Redaction« – kann nicht generell ausgeschlossen werden, dass auch Lazaro auf diese Weise gelegentlich für ein fertiges Stück einen Käufer suchte.

Stilistisch gehören seine Arbeiten durchaus ins 19. Jahrhundert – Einflüsse nazarenischer Kunst sind unübersehbar; ganz deutlich wird das zum Beispiel bei einem Kruzifix aus Privatbesitz und bei dem Christuskopf der Abendmahlszene –, doch lebt in manchen seiner Köpfe, vor allem in der Weggentaler Krippe, noch viel vom Geist des 18. Jahrhunderts nach, wie er sich etwa in den Arbeiten des Rottenburgers Johann Martin Staiger (1732–1769) äußert. Wie lang Leopold Lazaro als Schnitzer tätig war, konnte bis jetzt nicht geklärt werden. Doch obwohl ihm bisher außer der Krippe im Weggental und der Abendmahlsszene nur das erwähnte, durch Familienüberlieferung für ihn gesicherte Kruzifix als eigenhändiges Werk zugeschrieben werden kann, gebührt dem »Leiden-Christi-Weber« wegen seiner qualitätvollen Schöpfungen ein ehrenvoller Platz in der Reihe der Rottenburger Kunsthandwerker.

Die Stifterin

Zwei von den drei gesicherten Arbeiten Lazaros, Krippe und Abendmahlsszene, stehen in enger Verbindung mit dem ehemaligen Gasthaus »Waldhorn«. Das Bindeglied für diesen Zusammenhang bildet die Person der Waldhornwirtin Kreszentia Fischer geb. Manz (1801–1874). Sie war eine Tochter des Rotgerbers und Lammwirts Sebastian Manz und zugleich eine weitläufige Verwandte von Lazaros erster Frau Theresia geb. Manz.

Kreszentia wird als geistreiche, charaktervolle und wohltätige Frau geschildert. Nach dem frühen Tod ihres Mannes, des Waldhornwirts Andreas Fischer, im Jahr 1836 zeigte sich ihre stets offene Hand für Arme und Bedürftige, deren es im damaligen Rottenburg mehr als genug gab, besonders deutlich. Nach einem amtlichen Aktenvermerk behielt sie zum Beispiel aus dem Kleidernachlass ihres verstorbenen Mannes nur einen grünen Frack zurück; alle übrigen Kleider und Wäschestücke verschenkte sie. Ihr Wohltätigkeitssinn bewies sich aber auch darin, dass sie den Not leidenden Leopold Lazaro »ins Brot setzte«, indem sie ihm Schnitzaufträge erteilte.

Gemeint ist hier an erster Stelle natürlich die Krippe, die sie als Hauskrippe für das »Waldhorn« um 1840 in Auftrag gab. Dort war sie jedes Jahr in der Weihnachtszeit im festlichen Saal des ersten Obergeschosses für jedermann zur Schau gestellt, zur Freude der Gäste und des Publikums. Nach alter Familienüberlieferung schenkte sie dann um 1850 die Krippe ins Weggental. Der Stiftungszeitpunkt wird indirekt durch Lazaro selbst bestätigt: Als er sich 1865 um den vakanten Posten des Weggentalmesners bewarb, erwähnte er in seinem Gesuch, dass er »seit 15 Jahren die Krippe dort«, das heißt im Weggental, aufstelle.

Als Stifterin der Weggentalkrippe hat es diese Frau nicht weniger als deren Schnitzer verdient, im Gedächtnis der Nachwelt zu bleiben. Die beste Gewähr dafür bietet die Krippe selber, die sich bis heute weit über das Rottenburger Land hinaus ungebrochener Beliebtheit bei Jung und Alt erfreut.

Offene Fragen um die Krippe

Bei der Beschäftigung mit der Geschichte der Weggentaler Krippe ergeben sich Fragen, die mit dem jetzigen Kenntnisstand nicht mehr beantwortet werden können; ein paar davon mögen hier anklingen.

Waren das 1688 genannte »Krüple« und die Krippe von 1769, für die damals junge Tannenbäume zur Verfügung gestellt wurden, miteinander identisch oder gab es im 17. und 18. Jahrhundert nacheinander zwei Krippen? Oder wurde die älteste Krippe nach und nach durch neue Figuren ergänzt? Auf jeden Fall gibt es in der jetzigen Krippe aus dem 19. Jahrhundert einige

I
II
III
IV
V
VI
VII
VIII
IX
X

Figuren, die ins 18. Jahrhundert gehören – sind diese nun als Rest der alten Weggental-Krippe anzusehen oder wurde der Figurenbestand der ehemaligen Waldhorn-Krippe irgendwann aus anderer Quelle ergänzt? In einem »Inventarium über der Gnaden reichen Wallfahrt, und Gottes Hauß der Schmerzhafften Muetter Gottes im Weckenthall vorfiendigen Kirchen ornat« vom 9. Juli 1777 findet sich unter anderem die Position » 1 mit allen Figuren versehene Krippen«, die immerhin belegt, dass das Weggental vier Jahre nach der Aufhebung des Jesuitenordens noch eine Krippe besaß. Vielleicht gelingt es einmal durch einen Zufallsfund, das weitere Schicksal dieser Krippe etwas mehr aufzuhellen.

Unklar ist mangels schriftlicher Quellen auch, welchen Umfang die Krippe in den verschiedenen Zeiten hatte. Es verdient Erwähnung, dass zu Beginn der Sechzigerjahre des 20. Jahrhunderts am Rand der Hochzeitsszene die Heilung des Aussätzigen und die des Knechts des Hauptmanns von Kafarnaum dargestellt war. Diese vom Evangelisten Matthäus überlieferten Wunder Jesu waren in der Zeit vor dem Zweiten Vatikanischen Konzil Thema des Evangeliums am Dritten Sonntag nach Erscheinung. Gab es bei der Weggentaler Krippe möglicherweise früher noch weitere »Bilder«, etwa den beispielsweise im Kloster Bonlanden und in Benediktbeuren so drastisch darge-

stellten Kindermord von Betlehem oder die Darstellung der Flucht nach Ägypten?

Biblisch gesehen, gehören drei der vier »Bilder« der heutigen Weggentaler Krippe in den Bereich der Kindheitsgeschichte Jesu: die Weihnachtsszene, die Anbetung der Könige und die Darstellung im Tempel (Mariä Lichtmess). Zwischen das zweite und das dritte dieser »Bilder« schiebt sich die Szene der Hochzeit zu Kana, die Schilderung des ersten öffentlichen Auftretens Jesu. Hier scheint also die Reihenfolge der Szenen etwas durcheinander geraten zu sein.

Aber einmal abgesehen davon, dass diese chronologische Inkonsequenz durch die liturgische Leseordnung der Kirche quasi offiziell gutgeheißen wird, mochte wohl auch die Volksfrömmigkeit, die sich in den Krippen manifestierte, nicht auf dieses farbenprächtige Motiv verzichten. So finden sich Darstellungen der Hochzeit zu Kana in unzähligen barocken Krippen, in der Kalkweiler Krippe in Rottenburg ebenso wie in Gutenzell, Hettingen, Ellwangen, Ottobeuren, Bamberg, Landshut oder in den Klöstern Rohr und Reutberg, um nur die bekanntesten Beispiele zu nennen. Die Szene eignet sich eben vorzüglich zur bildhaften Veranschaulichung – dass dabei viel kulturgeschichtlich Interessantes aus der Barockzeit wie Kleidung, Gerät und so

weiter miniaturhaft vorgestellt wird, macht den besonderen Reiz gerade dieser Szene aus.

In welchem Maß die vorhandenen Szenen der Weggentaler Krippe noch ihr ursprüngliches Aussehen besitzen, ist nicht zu belegen. Von früheren, nach Meinung von Zeitgenossen nicht unbedingt vorteilhaften Restaurierungen war bereits die Rede; ob es die einzigen waren, bleibt freilich fraglich. Die häufigen kleineren Reparaturen, vielerlei Hinzufügungen, die von Jahr zu Jahr immer irgendwie wechselnde Art der Aufstellung der einzelnen Figuren: Dies alles bringt in die Weggentaler Krippe eine Art von Dynamik, die sich grundlegend von der oft versteinerten Aufstellungsweise anderer Krippen unterscheidet.

Viel von dieser »Dynamik« der Krippe geht zweifellos von Anfang an auf ihre Betreuer zurück. Auch ihrer soll in diesem Zusammenhang kurz gedacht werden, denn auf ihrem Tun beruhte zu allen Zeiten ein Gutteil der Ausstrahlung der Krippe weit über das Rottenburger Land hinaus. Der erste Betreuer, von dem man weiß, ist 1688 der nicht mit Namen genannte Sohn des damaligen Weggentalmesners, dessen Name ebenfalls noch nicht identifiziert ist. Dem jeweiligen Mesner und seinen Familienangehörigen wird diese Aufgabe auch im 18. Jahrhundert geblieben sein – bis zum Untergang der »alten« Krippe. Von der Übertragung der Waldhorn-Krippe ins Weggental um 1850 bis mindestens 1865 stellte dann Leopold Lazaro »seine« Krippe selbst in der Wallfahrtskirche auf; nach ihm werden es wieder Mesner getan haben.

Nachdem das Weggental 1919 der Obhut des Franziskanerordens anvertraut worden war, übernahmen Ordensbrüder die Aufgabe, das »Kripple« Jahr für Jahr in Szene zu setzen. Stets wurden und werden sie dabei von Laien unterstützt, seien es Rottenburger Bäcker und Metzger, die miniaturhaft kleine, echte Backwaren und Würste für die Hochzeitsszene anfertigen, seien es geschickte Frauenhände, die immer wieder mit der Instandhaltung der Gewänder der Figuren beschäftigt sind.

So ist diese Krippe, die überhaupt nichts verstaubt Museales an sich hat, stets im besten Sinn volkstümlich und volksnah geblieben.

Felix Konrad

Die Krippenbilder

Die Krippe in der Wallfahrtskirche im Weggental hat vier Bilder, die jedes Jahr nacheinander aufgestellt werden. Wie bei einem Flügelaltar, bei dem an bestimmten Hochfesten andere Bilder aufgeklappt werden, veranschaulicht die Krippe so die Liturgie, macht sie begreifbar und begreiflich.

Das erste Bild (Fotos Seite 2 bis 17 und vorderer Buch-Innendeckel), das zum Fest der Geburt des Herrn aufgestellt wird, zeigt die Weihnachtsgeschichte nach Lukas 2,1–20. In der Mitte steht die Krippe mit dem Jesuskind; auf sie ist alles ausgerichtet. Der Engel, der die gute Nachricht den Hirten verkündet, kniet neben der Krippe. Auch Hirten sind schon da, andere sind noch auf dem Feld; am Rande sieht man die himmlischen Heerscharen.

Das zweite Bild (Fotos Seite 18 bis 31) wird zum 6. Januar aufgestellt, dem Erscheinungsfest. Es ist das Fest der Bekundung der Gottessohnschaft Christi bei der Taufe, aber auch das Fest der Offenbarung Christi an die Heiden, als deren Symbol die Anbetung der Magier aus dem Morgenland galt (Matthäus 2,1–12). Ein großer, exotischer Zug hat sich da nach Betlehem aufgemacht, um dem Kind zu huldigen, das die Mutter auf dem Schoß hat.

Das dritte Bild (Fotos Seite 32 bis 37 und hinterer Buch-Innendeckel) wird zum zweiten Sonntag im Jahreskreis (zweiter Sonntag nach Epiphanias) aufgestellt. Im Mittelpunkt des Gottesdienstes an diesem Tag steht die Hochzeit zu Kana, der Beginn der öffentlichen Wirksamkeit Christi. Beim Weggentaler Kripple denkt man allerdings eher an eine Hochzeit im Schwäbischen. Eine Bäckerei und eine Metzgerei sind damit beschäftigt, die Festgäste zu verpflegen. Auch ein leeres Weinfass sieht man. Im Vordergrund stehen Jesus und Maria, zwischen ihnen die sechs Krüge (Johannes 2,1–11). Jesus verwandelt das Wasser in Wein – ein zutiefst symbolischer Akt, der bereits auf das Abendmahl, auf Christi Ende am Kreuz verweist.

Das vierte Bild (Fotos Seite 38 bis 47) wird am 2. Februar aufgebaut, am Fest der Darstellung des Herrn (nach Lukas 2,22–38), im Volksmund »Mariä Lichtmess«. 40 Tage nach der Geburtweihen Maria und Josef im Tempel in Jerusalem ihren Erstgeborenen Gott, wie es 2 Mose 13,2 vorschreibt. Dort erkennt der Prophet Simeon in Jesus den Messias, er nimmt das Kind auf die Arme und preist Gott. Umrahmt wird diese Szene im Weggentaler Kripple vom Hohepriester, einer ganzen Schar von Priestern und einigen humorvoll geschnitzten Ministranten.

3. Auflage 2010

Fotos: Gerhard Hepper,

Reproduktionen: Repro Schmid, Stuttgart.
Druck: Maisch + Queck, Gerlingen.
Printed in Germany.

ISBN 978-3-87407-354-7

Besuchen Sie uns im Internet
und entdecken Sie die Vielfalt unseres Verlagsprogramms:
www.silberburg.de